46 1874

LE GROUPE

DE L'INVASION

ÉDITÉ A L'OCCASION DE

L'INAUGURATION DE CE MONUMENT, A CHARLEVILLE

LE 27 SEPTEMBRE 1874

Mère ! il était une ville fameuse......
J'ai démoli son enceinte fumeuse,
Sous le boulet j'ai fait crouler ses tours,
J'ai promené mes chevaux dans ses rues,
Et sous le fer de leurs rudes sabots,
J'ai labouré le corps des femmes nues
Et des enfants couchés dans les ruisseaux.
. . . .
Puis j'ai traîné sur mes pas l'incendie ;
Et le géant, hurlant matin et soir,
A nettoyé de sa langue hardie
Les pans de mur inondés de sang noir.

CHARLEVILLE

IMPRIMERIE ET LITHOGRAPHIE F. DEVIN

LE GROUPE

DE L'INVASION

ÉDITÉ A L'OCCASION DE

L'INAUGURATION DE CE MONUMENT, A CHARLEVILLE

LE 27 SEPTEMBRE 1874

Mère ! il était une ville fameuse......
J'ai démoli son enceinte fumeuse,
Sous le boulet j'ai fait crouler ses tours,
J'ai promené mes chevaux dans ses rues,
Et sous le fer de leurs rudes sabots ,
J'ai labouré le corps des femmes nues
Et des enfants couchés dans les ruisseaux.

. . . .

Puis j'ai traîné sur mes pas l'incendie ;
Et le géant, hurlant matin et soir,
A nettoyé de sa langue hardie
Les pans de mur inondés de sang noir.

CHARLEVILLE. — TYPOGRAPHIE F. DEVIN, RUE DE CLÈVES.

AU SCULPTEUR

———

Destiné à paraître le 27 septembre 1874, — c'est la date de l'inauguration du groupe monumental que vous avez élevé à Charleville à vos compatriotes ardennais morts pour la patrie, avec le concours de souscripteurs qui sont pour vous autant d'amis, — ce petit volume contient, vous le savez, une série d'articles de journal intitulés *Le Groupe de Bronze*, qui ont paru dans le *Nord-Est* au mois de mars 1873. Alors le groupe de bronze, — qui n'était encore que le groupe de plâtre, — allait quitter Charleville pour prendre le chemin de Paris, du Salon. Souvent louée, critiquée quelquefois, votre œuvre est sortie victorieusement d'une redoutable épreuve. Admise et récompensée au Salon de 1873, exposée depuis en bronze aux Champs-Elysées, elle nous revient enfin, après sa longue odyssée, accompagnée de l'approbation flatteuse de la presse et d'un public européen.

Je m'étais refusé d'abord à rééditer un travail qui semblait devoir disparaître avec la feuille volante où je l'avais introduit sans prétention. Après l'avoir examiné de nouveau, et bien qu'il porte des traces trop évidentes de son origine hâtive, bien que les gens du métier, comme vous, puissent trouver beaucoup à reprendre dans ce balbutiement d'un novice, j'ai cru devoir accéder à une nouvelle invitation. Je reproduis donc mes articles tels quels, ou peu s'en faut, dans la pensée que, si le but de cette publication, rééditée au profit de l'œuvre, ne suffisait pas à désarmer quelques-uns de mes juges, le souvenir de ce que fut d'abord ce travail d'un journaliste militant suffirait à mériter l'indulgence du plus grand nombre. Ainsi ce modeste ouvrage conservera le caractère qui est le sien, et qui est peut-être toute son excuse. Je lui souhaite bonne chance, maintenant que je l'ai donné pour ce qu'il vaut et qu'il ne m'appartient plus. Il me serait doux, à coup sûr, d'avoir aidé, dans la mesure de ce que je puis, au grand succès qui vous attend.

HENRI PERRIN.

LE GROUPE

DE

L'INVASION

TABLE DES MATIÈRES

Il nous a semblé qu'il valait la peine d'analyser l'impression généralement produite par le groupe de M. Croisy, puisqu'elle était bonne et qu'elle s'emparait très-vivement de ceux-là mêmes que la sculpture, art sobre et sévère, semble laisser plus indifférents d'habitude.

Pour peu que l'on s'arrête à examiner l'œuvre de notre sculpteur, on reconnaît bientôt que l'on a devant soi non plus le métier, mais l'art, et dans l'art une école; qu'il y a là un sentiment plein de puissance, accessible à tous, exprimé dans un ensemble complexe, mais harmonieux cependant.

Et l'on comprend alors qu'il ne suffise pas, pour donner l'intelligence de cette œuvre vraiment *créée*, de dire par exemple « que les draperies en sont bien jetées. »

Qu'est-ce que l'art? Dans l'art, qu'est-ce que la sculpture? L'histoire — au moins en raccourci — de la sculpture, les écoles rivales, il me semble qu'il faut connaître un peu tout cela pour estimer à sa juste valeur une conception qui affrontera demain la grande critique (1), et qui marquera une date pour nous.

C'est ainsi que j'ai été amené à tirer de cartons poudreux des notes oubliées, et à prendre, pour arriver au but, le chemin que Jean Lafontaine prenait pour aller à l'Académie.

(1) C'est chose faite : le jugement de la critique a été prononcé, et il est favorable.

I

L'Art.

Pour d'aucuns, l'art est l'imitation servile de la nature, une copie du réel qui exige un talent solide, une main exercée, une vieille habitude du procédé. Zeuxis peint une grappe de raisin si parfaitement semblable au modèle que les oiseaux viennent y porter le bec. Voilà une légende exquise en vérité.

Est-ce là cependant ce qu'on appelle l'art? Oui, certes; mais ce n'est pas l'art complet.

Jetez une belle idée, un sentiment puissant dans une belle forme; ne vous contentez pas de copier le réel, mais rendez le vrai à l'aide du langage, du pinceau, du ciseau; faites jaillir une idée, une passion du marbre,

2

de la toile, du vers, de la phrase musicale, vous êtes un artiste. Vous créez un type auquel correspond une émotion. C'est l'amour, c'est la souffrance, c'est la joie, c'est la méditation sereine ou fiévreuse, c'est la vie dans toutes ses manifestations ; c'est une forme et c'est une âme. Cela vit ; cela pense ; cela crie ; cela marche.

Nul n'est artiste s'il n'a le regard profond qui sonde l'invisible, comme la main qui l'exprime, s'il ne crée à sa façon, comme la Genèse dit que Dieu créa l'homme, une âme dans un corps.

Il faudrait — mais c'est trop exiger — que celui qui fouille le marbre, comme celui qui chante le vers, fût doublé d'un penseur, d'un poète, d'un philosophe et d'un historien. Il faut du moins qu'il ait une pensée, un sentiment bien à lui, sous peine de n'être plus qu'un homme de métier et de procédé, au lieu d'être un homme d'art et de création.

Mais lorsque, par cet enfantement laborieux que connaissent tous les vrais artistes, un homme a exprimé dans une forme sensible, où la perfection le dispute à la puissance, un sentiment vrai dont il est plein, il a le droit de dire : l'œuvre est bien à moi.

Et lorsque ce même sentiment anime toute une époque, va partout éveiller les échos dans un grand pays, l'artiste peut dire qu'il a élevé un monument « plus durable que l'airain. »

L'art n'est pas plus l'imitation pure des grands maîtres

substituée à celle de la nature qu'il n'est l'imitation servile du réel. La copie n'est pas le chef-d'œuvre.

Grâce à la protection officielle quelque peu despotique dont on les gratifie, nos artistes ne pensent pas, ne sentent pas toujours assez ; ils copient trop et des modèles trop uniformes. Il semble que ceux qui ont mission de les protéger n'aient qu'un souci : substituer un art officiel, froid et gourmé, à l'art original et vivant. La tradition est chose fort respectable, mais nous nous demandons si Rubens ou Michel-Ange se seraient accommodés de cette tradition-là !

La tradition, ou plutôt la routine, c'est ce qu'un écrivain d'esprit raillait si agréablement il y a bien des années déjà.

L'envoi de Rome, disait-il, c'est toujours la même chose ; on peut parfaitement et sans crainte d'être démenti rendre compte de ces expositions sans les avoir vues.

Peinture. — Une mort de César. — Des chrétiens livrés aux bêtes.—Une Vénus quelconque au choix.—Un Néron brûlant Rome.

Sculpture. — Un Bacchus. — Un joueur de flûte.

Architecture. — Le plan d'un *Palais de Justice* qui ressemble à s'y méprendre au Parthénon.

Voyant chaque année et à la même époque revenir les

mêmes tableaux, statues et plans du Parthénon, le public avait fini par croire que l'envoi de Rome n'était qu'une chimère.

Un rapin digne de foi, ajoutait Albert Volf, m'a affirmé que chaque année, vers la fin de septembre, le concierge de l'École des Beaux-Arts monte au grenier et choisit dans le tas des Coriolan, des César, des Néron, et des joueurs de flûte, de quoi faire une exposition à peu près convenable, qu'on annonce sous le titre :

EXPOSITION DES ENVOIS DE ROME.

C'est ainsi que sous prétexte de régler les écarts des imaginations vagabondes, les jurys officiels, jurys de peinture ou de sculpture, jurys universitaires et académies, condamnent trop souvent les écrivains et les artistes à je ne sais quelle tradition tyrannique qui semble leur défendre de penser par eux-mêmes et s'interpose entre eux et la nature, cette source intarissable d'inspiration.

Ce n'est plus même le coursier classique auquel Voltaire compare l'orateur, et qui s'élance fier et libre dans une carrière sagement limitée. L'artiste, obligé de passer sous les fourches caudines du patronage officiel, étouffe dans l'étroite enceinte où on le contient. Jusqu'à ce qu'il soit discipliné et mâté, annulé quelquefois, il se heurte à toutes les bornes et à tous les murs. Qu'on s'étonne alors s'il se résigne trop souvent à suivre, comme un simple locatis, le chemin plat de la routine!

Et alors nous avons le pastiche, un art impuissant, stérile et terne, prétentieux et routinier, une imitation d'imitation, quelque chose d'innommé, dont on ne parlera plus demain.

Ceci n'est pas l'art vrai. L'art n'est pas l'imitation inféconde des morts; il se révèle par quelque chose de fier et de personnel qui se plie à la règle et à la tradition sans les subir. Il est l'idée vague, errante dans la foule, que l'artiste s'approprie, qu'il échauffe, et qu'il rend à la foule, poème de marbre conçu dans le jet d'une imagination originale et puissante. Il est l'union féconde de ce que ni les temps ni les climats ne peuvent changer, et de ce que l'artiste prend dans l'âme populaire et dans la sienne. Il est général et personnel.

Dans la forme même, à côté de ce qui est changeant, il y a ce qui demeure. Il y a des règles inflexibles que le génie découvre et qu'il retrouve, lorsque la barbarie en efface les traces ou lorsque la routine en dénature le caractère. Il existe enfin un idéal, un type de perfection que Cicéron définissait admirablement ainsi : « Phidias, « ce grand artiste, quand il faisait une statue de Minerve « ou de Jupiter, n'avait pas sous les yeux un modèle « particulier dont il s'appliquait à exprimer la ressem- « blance; mais au fond de son âme résidait un certain « type accompli de beauté, sur lequel il tenait ses re- « gards attachés, et qui conduisait son art et sa main. »

Ainsi tous les chefs-d'œuvre sont frères, en ce sens qu'ils se rapprochent plus ou moins du type éternel. Mais, à côté de ce qui est éternel, il y a ce qui varie, ce qui fait que l'idée, le sentiment, le fait, s'expriment dans certaines formes spéciales à chaque époque, ce qui fait qu'un groupe — celui de M. Croisy est de ceux-là — est une page d'histoire, aussi bien que certains bas-reliefs de l'Arc-de-Triomphe du Carrousel. Et cependant sous ces formes changeantes, on sent l'impérissable tradition, celle qu'il faut garder. Sous la tunique de ces grognards de la grande armée, ce qui change, l'œil cherche et découvre encore le type académique, ce qui reste.

On voit maintenant le rôle qu'il faut attribuer, dans les œuvres d'art, à la conception, à la tradition, à l'histoire, et même à la psychologie, puisque l'art exprime des passions et des sentiments. On voit, dans l'art, ce qu'il y a d'immuable et de mobile. La sculpture purement académique constitue un type trop général et trop idéal. Le groupe scupltural dans lequel n'apparaîtrait pas du premier coup l'accord harmonieux des parties, l'unité, ce que les Grecs appelaient la *symmétrie*, ce que nous appelons l'académie, serait défectueux par un autre côté. L'unité, l'harmonie, c'est le caractère de l'art grec, dont la frise des Panathénées est le plus beau spécimen. Mais le chef-d'œuvre sort un peu du cerveau du poète et de l'artiste comme Minerve est sortie du front de Jupiter, d'un seul coup et armée de toutes pièces.

Néanmoins cet enfant du rêve doit se compléter dans toutes ses parties ; l'idée qu'il exprime se dégage plus nette et apparaît bientôt tout entière dans la savante harmonie des détails; et lorsque ce bel ensemble, vivant et proportionné, a revêtu le costume du temps, lorsque le peintre a donné le dernier coup de pinceau, le sculpteur le dernier coup d'ébauchoir, la création se manifeste dans toute sa plénitude.

L'idée et la forme, l'harmonie et la perfection des détails, l'unité et la variété, la règle éternelle et la couleur locale et historique, tout y est. Saluez le chef-d'œuvre.

C'est ainsi que M. Croisy a compris son groupe. Il n'a pas dédaigné la tradition, qu'il connaît mieux que personne ; mais il s'est abreuvé aux sources de la nature vivante et a fait sienne l'idée de tous. Le sentiment, la passion, débordent de ce groupe ; et cependant nous y sentons l'artiste sûr de lui, portant sur tous les détails son œil vigilant et ramenant ces détails, extrêmement variés et plus compliqués qu'il ne paraît d'abord, à l'effet d'ensemble.

A coup sûr M. Croisy n'a point fait une œuvre morte.
Il y a du romantique dans son talent ; on y sent l'amour
du vrai jusque dans le moindre pli de guêtre. Mais qu'on
y regarde bien : il y a là l'expression détaillée d'un sentiment complexe et multiple admirablement étudié, et
c'est à cela qu'on reconnaîtra l'artiste.

Lorsque les règles de l'art ont été scrupuleusement
observées, lorsqu'on est arrivé à la proportion harmo-
nieuse des parties et à la perfection des détails, lorsqu'on a donné à la tradition classique tout ce qu'on lui
doit, il faut se demander quelle impression va recueil-
lir l'âme populaire au contact du sentiment qui jaillit
du marbre, du plâtre ou du bronze. La beauté idéale
de la Vénus de Milo a le don de séduire les raffinés.
Mais le public, le grand public, l'instinct ou le sentiment naïf qui passe, l'âme populaire enfin va tressaillir
devant ce groupe qui crie l'honneur dans la défaite. Et
remarquons ceci : il n'y a d'art complet que celui qui
réveille les échos endormis dans ce que les raffinés des
lettres, des arts et de la politique appellent trop dédai-
gneusement la vile multitude. Et ces chefs-d'œuvre de
la Grèce, aux lignes pures et sereines, c'était le peuple
qui les consacrait par son acclamation. Le jury, c'était
la Grèce.

De ce côté l'épreuve est faite. Le public a compris et
acclamé. Le jury officiel n'a pas été moins juste. Dans
le cas d'un échec improbable, nous nous serions rap-

pelé que le chef-d'œuvre de Géricault, le Naufrage de la Méduse, fut consigné jadis à la porte du salon de peinture. Désormais quand il apparaîtra sous le grand soleil de la voie publique, ou fouetté par la pluie d'hiver, le groupe de bronze obtiendra le suffrage qu'il faut préférer à tout autre : l'émotion du passant.

Si nous nous évertuons à établir la différence qu'il y a entre l'art et le métier, c'est que nous connaissons cette tendance trop générale à n'admirer que les œuvres déjà consacrées par un engouement plus ou moins raisonné.

Eh bien ! nous sommes convaincu que M. Croisy est un artiste dans le sens noble et vrai du mot, qu'il suit la grande tradition.

C'est pour cela que nous tenons à ne point le confondre par exemple avec les pensionnaires de la Prusse à Rome, qui fabriquent pour les Américains de la sculpture à tant le kilo.

M. Croisy a voulu réaliser une idée ; il a montré qu'il connaît tous les secrets du procédé, qu'il pétrit la terre à sa guise ; mais il a montré aussi qu'il était capable de sortir du convenu, de créer une œuvre à la fois originale et étudiée.

Certes si cette œuvre n'était point assez fortement

3

exécutée et conçue pour affronter la pleine lumière et même la critique sans pitié, nous nous serions bien gardé d'appeler certaines comparaisons que des travaux recommandables ne soutiennent pas toujours.

Mais je me crois le défenseur d'une cause si bonne et si bien gagnée d'avance, que je n'hésite pas à provoquer des rapprochements plus directs et plus périlleux encore, à passer de la théorie à l'application, et à suivre à travers les âges le développement, les défaillances et les renaissances de l'art sculptural pour arriver tout naturellement à l'école moderne et à l'un de ses représentants, M. Croisy.

C'est toujours, comme on voit, le chemin des écoliers. Mais cette innocente flânerie n'est pas dépourvue d'agréments. Que les initiés ne me lisent pas ; cet article n'est point fait pour eux. J'écris pour les profanes.

II

L'Art antique.

C'est un heureux pays que la Grèce. Dans ce climat ensoleillé, tous les arts s'épanouissent à la fois. Pendant quatorze siècles, on les voit se développer parallèlement, le poète inspirant le sculpteur et le peintre, le peintre et le sculpteur inspirant le poète.

Quatorze siècles ! Et aujourd'hui nous ne tentons rien que la Grèce n'ait réalisé dans une forme splendide !

Et la sculpture fut l'un des arts familiers et préférés de cette race aimée des dieux.

Ah ! mon cher, ces Grecs, nous ne les dépasserons jamais, nous ne les atteindrons pas, me disait un artiste. Ils ont trouvé la forme parfaite et créé l'inimitable modèle. Et tenez ! Ils ont découvert l'idéal de la rotule ; et l'on a beau faire, ma foi ! C'est toujours à cette rotule-là qu'il faut revenir. Il en est ainsi du reste.

Le corps humain, ce « chef-d'œuvre de la création »,

la statuaire grecque l'a réalisé si superbe que Dieu lui-
même y semble vaincu. Et de fait l'immortelle nature
a-t-elle produit un seul homme, une seule femme, qui
réunisse les perfections divines de ces déesses et de ces
héros nus que les Grecs tiraient d'un morceau d'ivoire,
d'un bloc informe de pierre ou de marbre ? Quelles lignes pures, fermes et fines ! Quelle majesté, quel
naturel dans cette pose grave et reposée de *l'Achille* !
Quelle largeur de conception ! Quelle perfection de détails dans ces chefs-d'œuvre où l'homme du métier seul
découvre et suit sur chaque point la main délicate de
l'incomparable artiste dont l'histoire n'a pas toujours
gardé le nom !

Quelle simplicité ! Ne dirait-on pas qu'on en pourrait
faire autant, pourvu que l'on ait un peu manié l'ébauchoir et fréquenté les ateliers ?

Eh bien ! cette simplicité divine est le résultat de l'art
le plus compliqué. Regardez ce ventre uni, lisse et
ferme. On dirait un tablier de cuir fortement tendu.
Pas un pli : c'est irréprochable, mais monotone.

Ne jugeons pas si vite ! l'artiste grec ne semble-t-il
pas avoir honte de tout ce qui révèle l'effort ? Il n'a
qu'un but, faire disparaître toute trace laborieuse, et
ici le travail est tout entier dans la plus ingénieuse et
la moins apparente combinaison des plans les plus fine-
ment dessinés. Cette combinaison-là, ne la découvre
pas qui veut.

J'ai dit que l'art grec dérobe le travail aux regards au lieu de l'afficher. Il répugne à l'expression même de la douleur sous une forme dont la brutale franchise troublerait l'exquise jouissance qu'il doit éveiller.

Qu'Homère nous dépeigne la mort violente d'un guerrier sur le champ de bataille, il s'empresse de jeter sur ce spectacle affreux ses images fleuries. Tantôt c'est un jeune homme qui languit et meurt « comme la fleur coupée par le fer étincelant de la charrue ; » ou c'est un héros formidable, armé de toutes pièces, tombant avec fracas sur le sol comme le chêne qui, frappé par la hache du bûcheron, chancelle, agitant sa verte chevelure, et couvre, après sa chute, le champ voisin de ses vastes rameaux.

Et plutôt que de montrer Niobé, mère plaintive, entourée des cadavres de ses enfants percés par les flèches d'Apollon au carquois sonnant, la tragédie antique jette un voile sur cette incommensurable douleur, et ne met dans la bouche maternelle que des sanglots entrecoupés. Telle était la simplicité, la décence exquise de l'art antique.

M. Burnouf a défini l'art grec : la vie intellectuelle exprimée au dehors par des formes sensibles, et cela dans sa généralité et sa simplicité la plus grande. Ce fut plus tard seulement que la statuaire exprima la passion (ta pathé). De là cette impression sereine et douce, particulièrement délicate, éprouvée à la contemplation de chefs-d'œuvre qui nous transportent dans une sphère où les passions humaines semblent ne point avoir accès.

C'est à cette école religieuse et philosophique qu'appartiennent Phidias, Policlète, Chyron, Alcamène, Socrate. Alors on put admirer à la fois des milliers de chefs-d'œuvre, comme *la Pallas* du Parthénon, statue d'or et d'ivoire (Phidias), *le Jupiter* d'Olympie, *l'Alphrodite* des Jardins (Alcamène), *la Junon* d'Argos, *l'Amazone*, *la Vache* de Myron, *l'Achille*, *la Vénus* de Milo, etc., etc.

Mais bientôt la sculpture, comme la poésie, quitte les régions idéales où habite la divinité, pour se rapprocher de la terre et de l'homme. Elle idéalise les émotions et les types humains, et reconquiert en énergie vitale ce qu'elle a perdu déjà pour l'idéal pur.

A la nouvelle école appartiennent Lysippe et Praxitèle.

Gloria est Lysippo animosa effingere signa;

C'est la gloire de Lysippe d'avoir fait des statues *animées*. C'est à cette époque sans doute que l'on peut rattacher la gracieuse légende de Galathée.

L'art se manifeste alors par la souplesse et l'harmonie. Il exprime déjà la grâce et les formes féminines, avec un certain mélange de sensualité, remplaçant ainsi par le sentiment et la passion la puissance idéale, la beauté austère et religieuse de l'art antérieur. Le procédé se perfectionne, le ciseau se plaît à vaincre des difficultés nouvelles et cherche des effets ignorés jusqu'alors. De cette époque par exemple datent la *Vénus de Cnide*, la *Vénus de Médicis*, dont nous ne possédons qu'une imitation imparfaite.

Avec Alexandre l'art grec pénètre en Asie et y multiplie ses productions. Il orne les palais des généraux grecs, des satrapes, et des millionnaires du temps. L'étude plus complète de l'anatomie, les connaissances scientifiques plus approfondies, le perfectionnement continu du procédé le marquent du cachet qui est alors le sien.

La statuaire gagne cette fois en étendue ce qu'elle perd en inspiration. C'est aujourd'hui un ornement de luxe, que l'on achète au poids de l'or ; ce n'est plus déjà la beauté simple et générale, j'allais dire publique, de la grande époque.

L'étude analytique des formes pousse naturellement à l'expression de l'individuel, aux portraits-bustes. Alors on représente les rois Macédoniens sous le costume de ces divinités auxquelles on ne croit plus. Les poètes font de petites pièces de vers mignons, ciselés ; les sculpteurs font des statuettes charmantes et des portraits réussis. L'art n'orne plus les temples ; il est le luxe des boudoirs ; il n'est plus le plaisir du peuple ; il est la joie souvent sotte et l'orgueil illégitime des grands. Faire un chef-d'œuvre, ce n'est point mal ; l'acheter, c'est mieux !

Cependant l'art grec produit encore des œuvres dignes de la postérité : Ainsi *le Laocoon* (au Louvre), imbroglio admirablement étudié et fouillé. On rapporte aussi à cette époque le fameux *Colosse de Rhodes*, de Charès, élève de Lysippe.

Nous sommes à la dernière période, et voici venir la Décadence.

On a fait cette remarque que la sculpture et la tragédie en Grèce offrent, dans leurs développements successifs, des caractères communs. Sur la scène grecque les héros et les dieux d'Eschyle ont tous le grand style de Phidias ; ceux de Sophocle, plus rapprochés de l'homme, expression d'un art moins idéal déjà, plus humain, présentent ces formes correctes et puissantes, sobres et dignes jusque dans la passion, qu'on admire chez les successeurs immédiats de Phidias. Enfin Euripide, qui jetait sur la scène une Electre sordide, des héros et des dieux en guenilles, la souffrance et la passion dans tout son réalisme, introduit dans la tragédie une révolution profonde à laquelle ne put échapper la statuaire. En France une réaction analogue s'est produite : c'est l'école réaliste.

Les conquêtes de Rome précipitèrent la décadence de l'art grec. Les Scipions, et autres soldats patriciens, qui devaient être imités plus tard, *s'annexèrent* les chefs-d'œuvre par la force et les artistes par la séduction. Le génie grossier de ces Romains, qui désertaient avec ensemble une représentation de Térence pour aller assister à un combat d'ours, déteignit sur la sculpture. Les affranchis opulents emplissaient leurs villas de chefs-d'œuvre fabriqués à la diable, c'est-à-dire à la façon des Allemands de l'école de Rome qui travaillent pour les Yankees, ces Romains d'une autre souche. On *construisait* alors les jardins — c'est, croyons-nous, l'expression d'Aulu-Gelle. — Et au lieu d'y planter des arbres on y plantait des statues.

Et alors le dessin se perd ; l'inspiration s'évanouit ; l'artiste se plie aux caprices souvent grotesques de son *client*. La convention arbitraire donne le coup de pied à la règle. Et à défaut des Minerve, des Jupiter et des Apollon, dont le temps est passé, on multiplie les statues des personnes vivantes, avides de léguer leurs traits à la postérité.

Alors le procédé fait merveille ; et si l'on n'a plus le divin, on se console avec le colossal et le monstrueux. Zénodore élève à Néron une statue de trente-six mètres de haut !

Et cependant, comme la lampe épuisée qui va s'é-
teindre, l'art jeta quelques lueurs encore. On peut citer
comme des œuvres estimables *la colonne Trajane, la
statue de Nerva*, au Vatican ; celle de *Marc-Aurèle*
(Rome — place du Capitole).

Puis il semble que l'art antique se couche, avec le
dernier des Antonins, dans la tombe que piétinera bientôt de sa corne le cheval du barbare. L'arbre merveil-
leux s'est épanoui, pendant quatorze siècles, en fleurs
et en fruits.

Est-il mort ? Non ; le vieux tronc ressuscitera un jour
du sol battu par la grande invasion ; en Italie, en
France, son inépuisable sève va jeter des pousses nouvelles et robustes. Et l'art grec, sortant de terre avec
des statues vieilles de vingt siècles enfouïes sous les
ruines du vieux monde, renaîtra pour se rajeunir au
souffle de la civilisation nouvelle.

La Bruyère dit quelque part : « Tout est dit depuis
six mille ans qu'il y a des hommes, et qui pensent. »
Non, tout ne sera pas dit par l'écrivain, tout ne sera
pas exprimé par l'artiste, tant que notre terre ne sera
pas « le globe éteint, errant dans les mondes déserts »,
entrevu par l'imagination mystique des poètes du genre
désespéré.

III

L'Art chez nous.

L'artiste du moyen-âge obéit à l'inspiration religieuse, et quelquefois à l'influence grossière des mœurs du temps.

Lorsqu'il sculpte sur le portail d'une cathédrale la légende des Vierges folles, les scènes du Jugement dernier, les peines de l'Enfer, il subit le cauchemar de ces imaginations maladives et tourmentées, qui voyaient à chaque instant notre globe broyé par la queue d'une comète.

Il y a plus : la satyre la moins délicate et la plus irrévérencieuse s'étala sur les murs de ces édifices gothiques qu'on a appelés des « poëmes de pierre », les « monuments de la foi naïve de nos pères ».

C'est pain bénit de voir aux portails de Notre-Dame ou de Saint-Germain-l'Auxerrois, par exemple, les

diables à longues queues et à langues aiguës remuant,
de leur fourche, dans les chaudières infernales, cette
épouvantable bouillabaisse de papes, de rois, d'évê-
ques, d'abbés mitrés, de nonnes, de chevaliers, de
moines.

Jusqu'au XIe siècle la sculpture du moyen-âge présente deux types, l'un court et rond, grossière ébauche
due à la main d'un ouvrier inexpérimenté ; l'autre, imitation byzantine, plus élégant, aux proportions carrées,
géométriques, aux draperies raides, aux plis symé-
triques, n'est pas dénué du mérite de l'expression.

Cet art atteint son apogée au XIIIe et au XIVe siècle.
Il présente alors une réelle harmonie d'ensemble et une
certaine perfection des détails. La *Notre-Dame* de Paris, la cathédrale d'Amiens, la *Sainte-Chapelle*, la façade
occidentale de la cathédrale de Reims, etc., etc., en
ont gardé de beaux spécimens.

La sculpture au moyen-âge comprend aussi les bas-
reliefs ; cette expression se définit toute seule ; les
pierres tombales (sculpture en creux), dont la cathédrale de Châlons-sur-Marne et celle de Laon sont pres-
que entièrement pavées ; les objets sculptés en bois,
stalles, *chaires*, *rétables*, *portes*, *buffets*, *dressoirs*, etc.,
etc. ; la sculpture en ivoire ; la ciselure (armures, cof-
frets, châsses...)

On remarque à l'église d'Avioth (Meuse), de curieux spécimens de sculpture peinte, autrement dite polychrôme. Les fabriques spéciales éditent à l'heure qu'il est de forts laids objets en ce genre.

La sculpture se sécularisa avec la Renaissance, qui vint fort à propos s'emparer du courant primitif et renouveler la saine notion du vrai et du beau. Alors dominent le style italien et le style antique.

François Ier attire à sa cour les italiens Cellini et Triballi ; Germain Pilon sculpte les grandes figures du tombeau de ce roi, et les *Trois Grâces*, qui sont au Louvre. A Jean Goujon nous devons les caryatides de la *Tribune des Suisses* (Vieux Louvre), les sculptures de l'Attique, la *Diane à la Biche* (Musée du Louvre), et la *Fontaine des Innocents*.

Sous Louis XIII, citons Richier, de Saint-Mihiel, Jacques Sarrazin (caryatides du pavillon de l'Horloge-Louvre), Michel Anguier (bas-reliefs de la porte Saint-Denis).

Sous Louis XIV l'influence de l'antique perd de son intensité, et l'influence italienne disparaît absolument. De là plus d'originalité chez les sculpteurs de ce siècle. Nous citerons seulement Girardon, qui sculpta le tombeau de Richelieu (Église de la Sorbonne), Desjardins, dont la statue de Louis XIV orna d'abord la place des Victoires ; Coysevox *(les chevaux* de la place de la Concorde — côté des Tuileries). Une pléïade d'artistes furent chargés d'orner les Tuileries et le palais de Versailles, sous la direction de Lebrun.

Le XVIIIe siècle s'éloigne davantage encore de l'antique et de l'Académie ; les productions de ce temps sont charmantes et mignonnes ; mais la grâce n'y fait point oublier la fierté disparue. Sculpture de petits-soupers et de *sopha*, aussi maniérée parfois que les petites-dames peintes et les petits-maîtres fardés et frisés du temps. Les petits sujets de *genre* sont en pleine floraison.

Adam travaille cependant au *Bassin de Neptune* (Versailles). Il faut rappeler avec le sien les noms de Coustou, Falconnet (statue de Pierre-le-Grand — Pétersbourg), Pigalle (statue de Voltaire, à l'Institut), Houdon (statue de Voltaire, au Théâtre-Français), etc., etc.

Tout le monde a pu admirer ce dernier chef-d'œuvre, qui apparaît, au XVIIIe siècle, comme une première et quelque peu audacieuse tentative de l'art réaliste.

Que c'est bien ce Voltaire, dont la vie semblait se soutenir par miracle, recrocquevillé et décharné ! Il est assis dans le fauteuil légendaire; la tête maigre et creusée, sillonnée de rides profondes, penchée en avant ; la main — une main qui n'a plus que des os et des nerfs, — est appuyée sur le bras du siége. Le patriarche de Ferney a été enveloppé d'une robe de chambre; mais le vêtement prosaïque d'Argan s'est transformé en une savante draperie à l'antique, jetée avec art sur ce squelette qu'un autre artiste a eu la singulière idée de sculpter tout nu. Mais que ce squelette est vivant! Quelle expression dans ces lèvres minces et serrées, dans cette physionomie contractée par le « rire én dedans », le rire fatidique des grands railleurs!

Nous demandons pardon à Voltaire de citer ici les vers assez irrévérencieux que nous a rappelés tout de suite l'œuvre de Houdon :

> Rire, tu fus l'adieu qu'en délaissant la terre
> De son lit de douleur laissa tomber Voltaire,
> Rire de singe assis sur la destruction....

Le poète aurait pu ajouter que Voltaire a détruit de fort laides choses et d'abominables préjugés. Mais peut-être n'était-ce point l'affaire du poète.

Il est certain du reste que le rire de Voltaire n'est pas le « compère joyeux » d'autrefois.

> Il incline la tête et se pince la lèvre ;
> Chaque pli de sa bouche est creusé par la fièvre.

On connaît le fameux tableau du Louvre, le *Combat des Horaces et des Curiaces*, type raide et froid du genre académique. David, qui l'a signé, exerça son influence sur les sculpteurs du temps aussi bien que sur les peintres.

Le grec et le romain s'épanouissent alors dans tout leur lustre. Mais cet engouement de l'antique devait évoquer les contre-sens les mieux réussis. On a beaucoup raillé, sous le second empire, cette idée saugrenue de remplacer sur la colonne Vendôme la statue populaire du *petit caporal* par celle de Napoléon Ier déguisé en empereur romain.

On peut admirer, au musée de Versailles, un phénomène plus bizarre encore : c'est la statue du général Dugommier costumé en général romain et agrémentée d'une pile de boulets de canon !

A ce point de vue, la porte *Saint-Denis* et la porte *Saint-Martin* sont dépourvues de toute valeur historique. Il y a là des trophées d'armes qui datent de deux mille ans. On y contemple Louis XIV transformé en Hercule nu et brandissant une massue, comme s'il se préparait à « rompre la barrière de l'Achéron. »

On peut en dire autant des quatre grands groupes qui ornent les façades occidentale et orientale de l'Arc-de-l'Étoile. Cet accouplement et cette promiscuité d'une mythologie factice et surannée et de scènes conçues dans un style vrai, vivant et moderne, sont tout simplement monstrueux. Cela vaut le portail Louis XV, dont le mauvais goût du temps a flanqué la cathédrale de Metz.

Et cependant tous les artistes d'alors ne sont pas tombés dans ce genre faux du premier empire. En 1806, dit un historien, lors de l'érection de l'Arc-de-Triomphe du Carrousel et de la colonne Vendôme, les artistes, ou plutôt les ordonnateurs, se rappelant qu'un monument doit être comme une page de pierre ou de marbre de l'histoire de son temps, voulurent que ceux-ci en portassent tous les caractères; ainsi, à l'Arc du Carrousel, non-seulement les personnages des bas-reliefs ont le costume de leur temps, mais aussi les statues à l'aplomb des colonnes, représentent d'une façon rigoureuse un type des principaux corps de l'armée de Napoléon Ier. Le même système, appliqué en grand sur le piédestal de la colonne Vendôme, par d'habiles artistes, produit le plus heureux effet.

En 1830 l'idée du vrai l'emporte. David d'Angers et Rude, notamment, appartiennent à une école vraiment moderne.

Cette fois la sculpture française est de son pays et de son temps; elle répudie ce genre artificiel et de convention dans lequel l'élément antique ou étranger jouait le plus grand rôle; elle prétend parler directement au public, qui se soucie peu d'Apollon, des Daces, d'Hercule, et de toutes ces allégories dont les dictionnaires de mythologie ne donnent pas toujours la clef. Ce genre nouveau, rompant avec les conceptions artificielles et l'imitation stérile, oblige l'artiste à plus de recherches et exige de lui une main plus souple et un talent plus original et plus spontané. Il s'agit en effet d'accommoder le grand art à la réalité, et de plaire à la foule sans blesser les vrais amateurs.

Cette fois le *style* n'est plus ce quelque chose de convenu que l'on emprunte à d'autres s'il le faut ; l'artiste est contraint de le découvrir seul. Il est contraint d'exprimer la réalité que nous rencontrons à chaque coin de rue sans pour cela tomber dans le vulgaire et le grossier ; et il faut qu'il demeure élégant dans les conceptions les plus réalistes, sous peine de déchoir.

A cette école appartient M. Croisy. Et l'on comprend maintenant les difficultés spéciales qu'il a dû vaincre pour traiter heureusement un sujet comme le sien.

Rude, qui fut l'un des chefs de l'école moderne, exécuta plusieurs morceaux célèbres, entre autres un groupe grandiose, emporté et hurlant, le *Départ* ou la *Marseillaise*, qui décore la façade orientale de l'Arc-de-l'Étoile. On lui doit aussi un *Mercure rattachant ses talonnières* (1834) et le *Jeune pêcheur* (tous deux au Luxembourg,) une *Jeanne d'Arc* (jardin du Luxembourg), le tombeau de Godefroid Cavaignac (cimetière Montmartre), les bustes de David et de la Pérouse (au Louvre), etc., etc. — Rude mourut en 1855.

David d'Angers, né en 1789, mort un an après Rude, commença en 1831 le fronton du Panthéon, rendu alors aux grands hommes. Nous ne pouvons citer ici toutes ses œuvres, bas-reliefs, médaillons, bustes, statues, tombeaux et monuments. Les œuvres de David d'Angers, dit un biographe, rappellent les beautés de la statuaire antique ; on y admire la ressemblance et l'expression des têtes, le naturel du geste et de la pose, la puissance du modelé, l'habileté de la draperie. Nous ne pensons pas que les statues de Mathieu Dombasle et du général Drouot (Nancy) puissent passer pour ses chefs-d'œuvre.

Nous ne pouvons apprécier avec compétence les artistes de la génération présente. Parmi eux il y a déjà des réputations faites, même des noms illustres.

Citons, en priant leurs émules de nous pardonner notre oubli, M. Carpeaux, hardi fantaisiste, et fantaisiste quand même, auquel nous devons l'*Ugolin*, statue d'une effrayante réalité, le fronton du Pavillon de Flore, d'autres œuvres, mais surtout la *Tache d'Encre*, autrement dit *Le groupe de la Danse*, qui décore la façade principale du Nouvel-Opéra.

Parmi les œuvres de M. Paul Dubois on cite un *Saint-Jean*, le *Chanteur florentin*, étude de genre admirablement comprise dont M. Coppée semble s'être inspiré en écrivant certains vers du *Passant*.

M. Falguière a exécuté l'*Ophélie* de Shakspeare, effeuillant des fleurs dans sa poétique folie, un *Corneille*, le *Vainqueur au combat de coqs*, un enfant qui s'enfuit joyeux, palpitant et fier, tenant un coq dans ses bras.

Nous pourrions citer encore M. Mercié *(Gloria victis)* et beaucoup d'autres. Mais [l'énumération à la façon d'Homère nous est interdite ici.

IV

Le Groupe de l'Invasion.

———

Mère, il était une ville fameuse......
J'ai démoli son enceinte fumeuse,
Sous le boulet j'ai fait crouler ses tours,
J'ai promené mes chevaux dans ses rues,
Et sous le fer de leurs rudes sabots,
J'ai labouré le corps des femmes nues
Et des enfants couchés dans les ruisseaux.
. . . .
Puis j'ai traîné sur mes pas l'incendie;
Et le géant, hurlant matin et soir,
A nettoyé de sa langue hardie
Les pans de murs inondés de sang noir.

———

Le Sujet.

Heureux le poète ! Heureux l'artiste qui peint la joie
de la patrie triomphante au lieu d'exprimer les angoisses
de la patrie abaissée et vaincue ! Rien d'amer ne se

mêle à son travail ; rien d'amer aux acclamations que son œuvre va soulever.

L'Invasion, la Défaite, voilà ce qu'exprime le groupe de M. Croisy.

Rude, un des maîtres de notre compatriote, a sculpté, lui, non pas la victoire, mais le *Départ* pour la victoire.

Qui n'a admiré, à l'Arc-de-l'Étoile, le magnifique morceau qui « rugit la *Marseillaise* »? Une femme aux traits inspirés, à l'allure héroïque, au geste immense et emporté, entraîne à la défense de la frontière les soldats en guenilles de 93.

Il semble que le chant national sorte comme une fanfare de sa bouche puissamment ouverte. Ah ! c'est bien elle, la Liberté !

> C'est une forte femme, aux puissantes mamelles,
>   A la voix rauque, aux durs appas,
> Qui, du brun sur la peau, du feu dans les prunelles,
>   Agile et marchant à grands pas,
> Se plaît aux cris du peuple, aux sanglantes mêlées,
>   Aux longs roulements des tambours,
> A l'odeur de la poudre, aux lointaines volées
>   Des cloches et des canons sourds ;

La Liberté, menant à la bataille

La grande populace et la sainte canaille !...

Moins heureux que le maître, mais écho, lui aussi, de l'âme populaire et s'inspirant des douleurs de son pays, M. Croisy devait traduire l'horrible Défaite. Il devait s'inspirer, non plus du chant immortel de Rouget de l'Isle, qui s'était depuis longtemps perdu dans le fracas de la bataille et dans les sanglots de nos mères, mais de ce tableau grandiose et poignant que tous nous avons vu de près, dans l'*Année terrible*.

Je ne sais plus quel homme d'esprit, un Anglais, a dit : « Lorsque je vois deux rois se déclarer la guerre, je m'imagine voir deux joueurs de quilles établir leur partie dans une boutique de marchands de porcelaines. » — C'est bien cela ! seulement les quilles renversées ce sont de braves soldats ; les porcelaines brisées ce sont des femmes et des enfants.

D'aucuns ont regretté que le choix de l'artiste se fût arrêté sur un si amer sujet. « A quoi bon, disaient-ils, réveiller des souvenirs que tout le monde veut oublier ? Qu'on nous fasse quelque chose de gai ! »

Eh bien ! il ne faut pas oublier ; il faut se souvenir toujours de la Lorraine et de l'Alsace perdues. Il faut se souvenir de cette guerre néfaste que la France n'a pas voulue, et dont elle est sortie mutilée.

Le peuple ne se souvenait que trop jadis, pour l'admirer,

> .... de l'homme qui tue
> Avec le sabre et le canon ;
> .... du bras qui dans les champs humides,
> Par milliers fait pourrir ses os.

Après la première invasion un poète, dont le vers

« était honnête homme au fond, » ébranlant une légende belliqueuse que nous avons cruellement expiée, s'écriait à propos du premier Napoléon :

> Ah ! que ce rude et dur guerrier
> Nous a coûté de sang, de larmes et d'outrages,
> Pour quelques rameaux de laurier !

Après la seconde invasion, il ne saurait nous déplaire que l'on se rappelle certains iambes de Barbier devant le groupe de M. Croisy. L'humanité et la France ne pourraient qu'y gagner s'ils étaient burinés dans toutes les mémoires.

Une simple date — 1870-1871 — gravée au pied du monument, c'est une leçon. Et une leçon qu'il ne faut point repousser. Lorsque les Athéniens châtiaient un poète assez audacieux pour rappeler leur défaite, déjà leur virilité nationale s'épuisait.

Et puis ce sujet, noble et moral s'il en fut, était tout naturellement indiqué à notre compatriote. On oublie trop que l'artiste est l'écho parfois inconscient du cri sourd de la foule. Or qu'est-ce donc, même à l'heure présente, qui remplit l'âme nationale, sinon cette pensée sombre : la défaite ? Et quel autre monument élever à nos compatriotes morts sur les champs de bataille ? Comment un véritable artiste pouvait-il mieux leur rendre hommage qu'en léguant à la postérité, avec ce groupe monumental, le souvenir honorable de leurs désespérés efforts ? Car il ne faut pas se le dissimuler : c'est là une conception française autant et plus encore qu'ardennaise. Et il est bon qu'on garde la mémoire de ces mobiles qui, dans la dernière période de la défense nationale, vinrent prendre dans les rangs, avec les débris de nos grandes batailles, la place des troupes aguerries que l'ennemi gardait dans ses forteresses. Il est bon de n'oublier aucun de nos vaincus, de les embrasser tous dans le même affectueux respect.

Cette page d'histoire est une page glorieuse qu'il ne faut pas déchirer, ni salir, dont il faut être fier, et que pour ma part j'aime à voir écrite dans le bronze. Ceux qui ne lisent pas les livres liront le groupe ; ils l'expliqueront aux petits enfants.

Je ne dis point que M. Croisy ait voulu tout cela ; il n'a point prétendu peut-être sculpter une leçon de patriotisme : c'est un artiste et point un politique. Il est certain néanmoins que son œuvre est de nature à éveiller les émotions les plus saines et les réflexions les plus salutaires.

Donc le sujet est bon.

L'Œuvre.

Adossé à une colonne brisée par un éclat d'obus, un mobile crânement posé. Son costume est scrupuleusement exact ; une tunique étriquée dont le lourd projectile, en passant, semble avoir secoué les plis : une large ceinture de laine, des guêtres mal ajustées auxquelles on n'a pas eu le temps de remettre des boutons. Ah ! ce n'est plus la guêtre du maréchal Lebœuf.

Soigner sa tenue ! Il s'agit bien de cela en vérité. Ce *moblot* défend pied à pied le sol de la patrie ; à toute heure de la journée, de la nuit, il est debout au premier signal.

Serrer sa guêtre ! Il n'a pas le temps ! Et tenez, il semble qu'une brusque attaque l'ait surpris ; vite il a sauté sur son sabre de fantassin. Peut-être son fusil a-t-il été brisé par une bombe.

Et maintenant le voilà, la tête nue, d'un bras raidi brandissant un tronçon de coupe-choux, de l'autre main pressant sa poitrine percée d'une balle. Il est fièrement et solidement campé, le brave ; mais il meurt, et sa face contractée, son œil large ouvert expriment à la fois la menace et le désespoir.

C'est un corps plein de jeunesse qui meurt au moment où l'âme se refuse au départ, car l'ennemi est là !

La balle et l'obus qui ont frappé l'homme et brisé la colonne viennent de la forêt voisine.

Certes celui-là n'expire pas le sourire sur les lèvres ; il a sur la face je ne sais quel rugissement amer de fauve blessé. C'est un peu

> La bouche aux vils jurons,
> Qui mâchait la cartouche, et qui, noire de poudre,
> Criait aux citoyens : Mourons !

A gauche, un profil grec, un de ces héros jeunes et charmants que l'on retrouve sur les champs de bataille dans Homère, Virgile et Fénélon. Il est couché mort, laissant là-bas une mère, une fiancée, dans le premier rêve de la jeunesse fleurie.

Pauvre enfant, qu'avais-tu fait ? Tu n'avais pas soif de sang humain, toi ; tu ne demandais qu'à vivre ; et c'est vers toi d'abord que la mort s'est frayé un chemin !

Sur la figure de l'adolescent repose comme une sérénité chaste ; il est tombé gracieusement, sans colère, sans jurons, et il semble que sa belle et jeune main languissante et sa joue amaigrie appellent des baisers pieux.

C'est bien là le type de cette race celte et gauloise, à la fois forte et fine, élégante et virile ; formes énergiques et gracieuses, traits délicats et expressifs, qu'un correspondant du *Times*, sur le champ de bataille de Gravelotte, opposait au type germain, osseux, anguleux, rude et carré, où l'âme ne perce guère. Un historien latin disait des Huns qu'ils ressemblaient aux poteaux massifs et mal taillés qui servent de garde-fous sur les ponts.

L'enfant soignait sa toilette, lui ; il ne croyait pas mourir si tôt ; son costume est complet, correct, un peu fantaisiste ; le ceinturon est bouclé, le col de l'habit rabattu sur le devant avec soin, à la mode des officiers de marine, la cravate artistement nouée.

L'Antiloque du vieux Nestor n'était ni plus beau ni plus touchant que ce jeune soldat. Sommeille-t-il ? Est-il mort ? Je ne sais, et je croirais qu'il dort si tout à côté l'obus n'avait promené ses ravages.

En vérité cette belle création est exquise et défie la critique. Elle restera. C'est de l'antique, et du plus pur. Les larmes que l'on verse sur l'innocente victime sont plus douces qu'amères ; l'émotion qui vous gagne en la contemplant est saine et délicate, sans trouble. Et c'est à cela qu'on reconnaît l'art vrai, cette inspiration grecque que nous avons essayé de définir.

Les deux mobiles sont tombés en combattant. Devant eux et derrière la colonne, dont nous faisons le tour, je vois, jetés dans un pêle-mêle pittoresque, dans un hasard étudié, képis, ceinturons, sabres, éclats d'obus, gibernes, un sac, le vrai sac, celui que nous avons connu ou porté, une caisse de bois blanc, fabriquée à la hâte avec un cuir noir par-dessus.

Dame ! on les armait comme on pouvait ! on les

habillait tant bien que mal, à la hâte. Et des misérables leur fournissaient quelquefois des semelles de cartons ! Pauvres et chers soldats !

Derrière la colonne et pour masquer le vide un canon démonté, des roues cassées, des gabions démolis, des affûts brisés.

A gauche de la colonne un enfant, chétif encore, pieds nus, à peine habillé, comme si l'invasion l'avait surpris dans son sommeil. Le poing de la main gauche est fermé et menaçant, et le regard fixe, sans émotion autre que celle de la surprise et de la colère, cherche à l'horizon l'invisible ennemi. De la main droite ce vaillant moutard saisit le bras de sa mère, frappée à mort, comme pour la relever. Il y a du grave et du puissant dans ce bonhomme. Il ne comprend pas encore bien ; mais il sent déjà, et je crois que plus tard, lorsqu'il prendra le fusil, il se souviendra de cette horrible scène, dans laquelle il est acteur. J'en prends à témoin ses lèvres serrées.

Je croirais volontiers qu'en modelant ce petit brave, M. Croisy a pensé au gamin de Paris. Il ne s'agit pas certes

... du pâle voyou

au corps chétif, au teint « jaune comme un vieux sou, » mais de l'enfant de Paris pris au beau moment ; celui-là

.... affronte la foudre ;
Comme un vieux grenadier il mange de la poudre.

La mère, demi-nue elle aussi, gît sur le sol, laissant à moitié échapper de ses bras un tout petit enfant dont le front est troué par un obus. C'est une femme du peuple, aux formes robustes et fermes; la *Marseillaise* de Rude, mais par terre; son regard tendu et sa main levée dans un suprême effort semblent dire : C'est là qu'ils sont. — C'est une belle étude.

Sur tout cela flottent les plis d'un drapeau décapité que tire une bise violente, la bise des champs de bataille d'hiver. (1)

Et tout cela est si vivement rendu, si bien combiné; cela est si bien l'invasion, cela est si bien cette guerre particulièrement atroce qui vient à peine de finir, qu'instinctivement on dresse l'oreille pour écouter le sifflement de la balle, et suivre le vol sinistre de l'obus. Il y a comme un concert d'explosions, de cris et d'écroulements qui vous emplit le cerveau. Et l'on attend, ma foi ! que l'ennemi vienne planter son drapeau sur ces cadavres !

Tel est le groupe de M. Croisy, aussi fortement conçu qu'exécuté. L'idée maîtresse en est noble et saisissante; l'effet d'ensemble est poignant; la pose des personnages est pleine de vérité; l'expression des figures remarquable, la recherche des détails minutieuse; leur combinaison sérieusement étudiée.

(1) Ce dernier motif a du être modifié depuis, si je ne me trompe. L'effet général demeure le même.

L'art académique est bien accommodé au costume moderne; il y a de l'ampleur et de la draperie là où il semblait difficile d'en mettre.

Le fini des accessoires, la puissance du modelé, la variété et le naturel des attitudes, la vérité du dessin, l'originalité d'invention, enfin un morceau capital, le mobile mort, placent le groupe de M. Croisy au-dessus des œuvres estimables.

S'il faut le définir une fois de plus, nous dirons qu'il est l'expression détaillée d'un sentiment multiple et complexe fortement étudié. Et nous le rattachons résolûment à la grande tradition.

Mais, va-t-on me dire, vous ne parlez pas des défauts. — Les défauts, et il y en a sans doute, j'aime mieux qu'un autre en parle. Et j'ajoute qu'il fait bon voir, dans le débordement de productions malsaines et grotesques auquel nous assistons, la sculpture et les sculpteurs ne point descendre.

Assez d'autres s'évertuent à ravaler l'art, à en faire

> . . . . un monstre, un cul-de-jatte,
> Tronçon d'homme manqué, marchant à quatre pattes,
> Et montrant aux passants des moignons tout sanglants,
> Et l'ulcère hideux qui lui ronge les flancs.

L'œuvre de M. Croisy élève l'esprit; donc, selon le mot de La Bruyère, « elle est de main d'ouvrier. »

www.ingramcontent.com/pod-product-compliance
Lightning Source LLC
Chambersburg PA
CBHW061706180626
46818CB00003B/1286